INSCRIPTIONS SUR NOS RUINES

Un recueil de textes de Charles Maurras (1949)

© 2023 Culturea Editions
Illustration de couverture : © domaine public
Edition : Culturea, le patrimoine des lettres (Hérault, 34)
Contact : infos@culturea.fr
Retrouvez notre catalogue sur http://culturea.fr
Imprimé en Allemagne par Books on Demand, In de Tarpen 42, Norderstedt.
Design typographique : Derek Murphy
Layout : Reedsy (https://reedsy.com/)
ISBN : 9782385086343
Dépôt légal : janvier 2023
Tous droits réservés pour tous pays

Inscriptions sur nos ruines est un recueil de Charles Maurras parru en 1949 qui comprend les textes suivants :

Inscriptions sur nos ruines

Français, aimons-nous nous-mêmes

Jeunes et Vieux

Le Goût de la vérité

La Figue-Palme

1

INSCRIPTIONS SUR NOS RUINES

S'il est vrai que la paix soit le plus grand des biens, c'est qu'il est le plus rare et le moins naturel de tous, le plus difficile à réaliser. Nous n'y prenons point garde par habitude de distinguer et de dissocier les effets d'avec les causes, sans trop nous aviser que tous les états un peu arrêtés et définis de l'existence des hommes sortent directement de crises sanglantes et ne font qu'en prolonger les antagonismes secrets, parfois les perpétuer. Nous prenons pour des trêves les hostilités couvertes, entretenues par dessous et dans lesquelles nous continuons à vivre en acteurs et en générateurs de nouveaux conflits, qui ne tardent pas à paraître et à s'irriter. C'est notre faute ! nous écrions-nous quand nous nous en apercevons. Mais faute qui est souvent imposée ! Faute née de notre humaine nature et des ressorts mêmes de notre vie. Ni vice ni vertu. Ni haine ni amour. Le simple fait que nous sommes nous-mêmes une guerre éternelle. Si nous pouvions nous donner la paix, il y a des siècles que nous nous serions fait ce présent. Nous l'avons longtemps demandée au Seigneur, et nous la lui redemandons. C'est qu'il l'a. Nous n'en avons même pas l'image ni l'idée. Nous n'en connaissons pas le moyen. Elle pleut du ciel, comme le Juste. Elle n'est pas fabriquée de la terre.

Dans cet égorgement des nations, dans ce tremblement des continents, des grandes et des petites îles, qu'y avait-il de neuf, ces derniers matins ? Eh bien, en France, de nouvelles dispositions légales prises à l'égard des chefs militaires qui auront capitulé en rase campagne. En Allemagne, la centralisation du commandement et, en considération d'initiatives anciennes, prises par Hitler en Pologne, en Norvège, aux Balkans, en Crète, en Afrique du Nord, le transfert au chef politique de toutes les attributions de chef militaire ; nouveau petit caporal, nouveau petit maréchal des logis-chef ! En Amérique, le principe et les premiers essais de construction d'un commandement interallié qui sera sans précédents historiques à la suite du voyage inouï de M. Churchill. Au bord du Pacifique, la plus violente des ruées qui se soient jamais élancées d'une race relativement

4

petite, mais tendue et forte, à la conquête de vastes espaces riches, peuplés, vivants, mais distendus et, dans une certaine mesure, ouverts, offerts. En Afrique, le retour d'ondes offensives, égales en énergie à leur retraite d'il y a six mois. En Russie, une fausse stabilité sous laquelle se multiplient les disputes et les arrachements du terrain. Partout, sous toutes les formes les plus diverses, pas un des vastes mouvements ainsi engagés ne peut signifier autre chose que le perfectionnement, l'aiguillon, la puissante amplification du même fléau détesté. Le désir de la paix peut exister ou plutôt stagner partout. Ce qui vit et veut être avec une véritable passion, c'est la faim et la soif d'une avide bataille. Ne disons pas seulement que ces passions enflamment ; elles règlent et meuvent tout. La seule loi présente, ces passions la font. En plongeant dans ce tourbillon furieux, le genre humain recouvre quelque chose comme l'aspect vrai, le sentiment exact de sa réalité éternelle : un masque est tombé, une hypocrisie est dissoute, et voilà tout. Cinq ou six semaines ont passé depuis une promenade poignante à ce tragique plateau de l'Avarage sur lequel reposent notre classique Mur Grec et ses vingt-cinq siècles chargés des mystères de la première Provence hellène, déterrés en 1934 par notre ami Henri Roland 1. Nous venions de longer les 800 mètres de belles pierres blondes, admirablement taillées, dignes sœurs de celles qui soutiennent encore l'Acropole d'Athènes. Par un admirable après-midi de soleil, la double solitude de la terre et de l'air étendait ses arceaux de lumière stratifiés sur les couches vert sombre de kermès et de genévriers alternant avec le rocher nu. Au bas de la falaise, reposaient dans leur pourpre et leur aigue-marine les quatre étangs salés, Lavalduc, Engrenier, Citis, plus loin la Stouma et, toute dorée, la grande mer latine dont nous séparait une langue de terre, sous le château de Fos ; vaste monde immobile où la végétation comptait peu, où l'homme était à peine discernable, et qui offrait, avec son cœur, la pure et simple image du repos que rien ne trouble, pacem, solitudinem, la paix, la solitude, comme dans Tacite... Mon compagnon ne se défendit pas de ce qui devait pénétrer de douleur toute mémoire humaine : Quelle paix ! dit-il. Et, là-bas... ! Oui ! Là-bas ! Quels massacres ! Mais pourquoi s'y massacre-t-on, sinon parce qu'on y est en nombre ? Pourquoi, ici, ce calme, ce silence, cette plénitude et cette profondeur du repos, sinon parce que l'homme n'y est presque rien ? Presque plus rien !

Car enfin, ce désert a été populeux. Pas une anfractuosité de cette côte, pas une embouchure de ces étangs, στοηαλίμναι, qui n'ait possédé ville, citadelle, entrepôt ou comptoirs. D'Arles à Marseille, l'Itinéraire d'Antonin compte toutes sortes de postes et d'habitats, et il faut bien que des échanges importants y fussent faits, puisque cette voie littorale était doublée d'une autre route, intérieure, également frayée par la jeune Rome, et qui suivait, entre Aix et l'Étang de Berre, à peu près le même tracé qu'aujourd'hui la grande ligne de Paris-Lyon-Méditerranée. Et c'était aussi l'époque où Gaulois, Ligures, Grecs, Romains, sans parler des anciens habitants des factoreries phéniciennes, vidaient leurs longues querelles séculaires, incorporant aux besoins de leur vie la verve inexorable de l'éternel combat. Sur l'horizon couchant, brille le seuil de Galéjon d'où partaient, jusqu'au pied des Alpilles, les canaux et les galères de Marius, qui s'y était retranché contre le premier flot germain. On ne peut regarder cette plane étendue des terres et des eaux sans évoquer le mouvement perpétuel des populations, descendant sur la rive quand les corsaires arrêtaient d'y promener la dévastation, remontant à la hâte vers les hauteurs et s'y fortifiant dès que les barques suspectes réapparaissaient à l'horizon. Voilà, au loin, le Fort de Bouc. Il a été construit par Vauban. C'est seulement au XVIIe siècle qu'une tour solide a mis nos étangs à l'abri des Barbaresques ; encore s'y remontrèrent-ils de temps à autre tant qu'Alger ne fut pas conquise. En 1830, c'est d'hier. Ici, sur le plateau des ronces et des roches on peut faire le compte des constructions et des destructions. Aucun vestige punique n'y a été relevé sans doute. Peut-être un habitat ligure, dont le nom d'Avarage et, plus loin, Varège a gardé la trace. Ensuite, la grande ville grecque attestée par cette Acropole, derrière laquelle aucune fouille n'a percé jusqu'à présent ; ville innomée encore (si ce n'est la première Marseille), à laquelle succède une ville latine, probablement Maritima Avaticorum, dont Martigues, là-bas, dans la plaine, fut la « colonie ». Puis, un oppidum bas-latin ou du haut moyen âge, Castellium Vetus, avec ses rondes tours barbares, couronnant le Mur Grec de leur suite presque continue et qui se retrouve encore un peu au delà, sous le nom de Castel Veyre... Castel Veyre a été saccagé au XIVe siècle par les bandes du vicomte de Turenne. Mais la vie ne s'est pas éteinte, elle y subsiste dans un village appelé Saint-Blaise, couronné d'une chapelle du XIIe siècle, réparée en 1614, et qui se trouve dédiée, comme par hasard, à Notre-Dame de Vie ! Qu'en reste-t-il ? Un pèlerinage, tous les 8 septembre, une procession, avec des vêpres en plein air qu'on chante sous les pins... Voilà sur un territoire si bref ce qui florit durant deux mille ans, murs écroulés l'un sur l'autre, remparts renversés près de leurs merlons, et sous lesquels, au delà de longues nécropoles creusées dans la roche vive, il faut bien situer des guerriers sans lesquels on n'imagine point les places où se sont entassés tous ces monuments ! La guerre ! L'homme ! L'homme ! La guerre ! Il faut que l'homme se retire, tranchons le mot, qu'il meure, pour que la paix recommence à rayonner. Tant qu'il est là, tantôt il prépare la lutte, tantôt il la répare. Mais il ne se décolle pas de l'une ou de l'autre nécessité. Les Sages de Grèce disaient : ὁ πόλεμος πατήρ παντῶν, la guerre est la mère de tout. Encore faut-il observer que la paix la moins boiteuse et la moins mal armée est celle qu'auront imposée ceux qui auront le mieux guerroyé. C'était leur récompense. Elle restait parfois acquise à ceux qui avaient su maintenir les causes de leur victoire, quiconque s'en déprenait ou s'en désintéressait étant condamné au sort très prochain de vaincu...

Ce ne sont que des inscriptions ajoutées à nos ruines. Pour les comprendre un peu, il faut se rappeler la page de Phédon qui dit que, en de pareilles difficultés, l'homme ne peut se tirer d'embarras, il ne réussit point à passer le gué difficile ni à franchir le bras de mer dangereux, qu'avec l'assistance d'un Dieu. Tout ce que peuvent faire les plus sages d'entre nous est de n'en pas désespérer. Gardons d'édulcorer ce qui est : l'avenir est cruel, car, si l'humanité ne s'accorde déjà plus sur l'intérêt du partage des choses humaines, il y a bientôt quatre siècles que l'accord est perdu sur les choses divines, et ce n'est même pas un Islam fraternel, comme au VIIIe siècle, c'est le Monde Jaune, radicalement différent, qui apparaît à l'horizon du XXe et semble bien présager à une Chrétienté divisée, lacérée et ensanglantée quelques nouveautés inouïes, uniformément assez sombres, au delà desquelles ne peuvent surnager que les plus inconnus des soleils. Lesquels ? Et sur quoi reposer un regard ? Sans prétendre rien trancher, il ne me semble pas possible d'envisager une autre réponse que celle-ci : sur ce qu'il y a de plus fort et de plus faible au monde, sur le cœur de l'homme, quand il est grand !

2

FRANÇAIS, AIMONS-NOUS NOUS-MÊMES

Juste au milieu de l'autre guerre (plus d'un quart de siècle écoulé !) un de mes amis fit un livre, aujourd'hui introuvable, où, voulant peindre l'atmosphère morale des trente années précédentes, il les résuma dans ce titre : *Quand les Français ne s'aimaient pas*. Mais ce qu'il voulait exprimer était tellement loin de l'esprit de tous ses lecteurs, que ceux-ci firent aussitôt un contresens unanime ; ils se figurèrent qu'il allait leur parler du temps où les Français ne s'aimaient pas entre eux et, divisés les uns des autres, luttaient les uns contre les autres...

Certes, l'union nécessaire manque, beaucoup et trop, en France. C'est pourquoi son image y est toujours comprise et désirée, appelée et même fêtée. On aime à répandre des plaintes tout à fait légitimes sur les outrances des partis, leurs passions et leurs injustices ; on élève de grands soupirs vers la plus urgente et la plus légitime des concordes. Pieux désirs ! Valant ce qu'ils valent, ils sont courants. En revanche, notre pays ne donne pas grande attention à ce dont parlait le livre. Nous passons, sans y prendre garde, sur la plus triste et la plus fâcheuse de nos habitudes d'alors, d'aujourd'hui, de toujours : les Français ne s'aiment pas eux-mêmes, comme Français. Ils ont peu d'affection et peu d'estime pour la nature de leur peuple, pour ses traits distinctifs et pour sa figure constante. Et s'ils y pensent, c'est pour regretter, pour déplorer ou même accuser le tempérament national : « Nos Français ! Vous les connaissez ! Tous les mêmes ! » Et en avant, notre légèreté, notre versatilité, notre manque de sérieux, de patience ou de profondeur ou encore de force... Vieille maladie qui fut grave. On l'avait crue guérie par l'exemple extraordinaire des quatre années consécutives tenues dans les tranchées, au long d'héroïques batailles. Mais à peine nos provinces frontières étaient-elles dégagées, le même mauvais refrain a recommencé de courir.

De hautes autorités morales ont bien raison de prêcher, comme elles en ont le devoir, aux Français, nés Gaulois, plus de charité réciproque, moins d'acrimonie dans leurs rapports sociaux, un goût moins vif de la querelle et de la dissension, Mais quoi ! c'est la nature humaine, l'homme n'a pas fini d'être pour l'homme un loup. Ce qui est redevenu l'indice commun du Français, c'est un étalage de modestie excessive et même de véritable humilité toutes les fois qu'il s'agit de la valeur et du rang de notre nation. Le Français moderne est toujours prêt à s'effacer devant la première nation venue, en s'inclinant, en lui disant : Après vous, après vous, s'il vous plaît... Beaucoup comptent prendre un air distingué. Ils croient se dépasser en s'élevant, non au-dessus d'eux-mêmes, mais de leur peuple et de leur pays.

Bref, comme au temps du vieux livre, les Français sont encore nombreux à ne pas s'aimer, comme tels, à ne rien aimer qui soit de leur main ni de la main de leurs ancêtres, livres, tableaux, statues, édifices, poésie, philosophie, sciences ; il n'est pour eux de grands savants qu'en Amérique, de beaux châteaux qu'en Angleterre, de beaux jardins qu'en Italie, de belles églises qu'en Espagne ou au Portugal. À les entendre, si Descartes est allé chercher la mort en Suède, c'est que les royaumes du Nord sont les seuls berceaux légitimes de la « pensée ». Les littérateurs à la mode que les journaux interrogeraient sur leurs habitudes d'esprit feraient la même réponse qu'il y a cinquante ans ; ils doivent tout ce qu'ils aiment de la musique à leurs voisins de l'Est et leur peinture favorite vient de ceux de l'Ouest. Tels de nos anarchistes estiment que la patrie, pure expression géographique, est à la semelle de leurs souliers ; mais ils ont grand soin de spécifier que la nôtre est certainement la dernière, et la pire, et la moins avouable de toutes... Parfois aussi cette rage de nous haïr et de nous mépriser est remplacée par une telle atonie, par une telle indifférence, que l'on regretterait le temps où un imbécile fameux publiait, sans risquer les trognons de choux ni les œufs pourris, le misérable petit libelle intitulé : À quoi tient la supériorité des Anglo-Saxons ? (Eh ! parbleu, elle tenait à ce qu'ils n'étaient pas Français !) Car enfin, l'absurde fureur d'autrefois put contenir un reste d'amour filial, comme un ressouvenir des anciennes fraternités ; ce rappel en nous-mêmes, à nous-mêmes, nous accordait encore une ombre d'importance. Le détachement d'aujourd'hui semble effacer jusqu'au simple souci d'une valeur dite française.

N'en discutons pas. Mesurons la folle imprudence de cet état d'esprit, en nous rappelant ce qu'ont fait, depuis cent ans, tous les petits et les grands peuples de l'Europe et du monde. Ils ont passé leur temps devant le miroir à s'exciter sur leur beauté et sur leur puissance, à reconnaître leurs passions, à les légitimer, à chanter sur tous les tons leurs vertus et même leurs vices. Or c'est pendant le même temps que la grande masse de Français de toutes les classes, de toutes les catégories, de toutes les cultures se rabâchaient confusément, sans se douter du sacrilège, quelque variante des nostalgiques propos du Fantasio de Musset :

Ah ! que je voudrais être de ce grand ou de ce petit peuple

qui passe ! Que ne suis-je cet Illyrien ! Ou ce Scandinave
! Voyez comme il est bien, voyez comme il est beau ! Ce
peuple qui passe est charmant. Ses vêtements sont
pittoresques ; ses chants populaires, originaux ; tout
comme son théâtre qu'il a tiré tout entier de son propre
fonds. Il n'est pas à la remorque des Grecs et des Romains,
lui ! Il a des penseurs, lui ! Des poètes, lui ! Il a des maîtres
dans tous les arts...

Et si, par hasard, auprès de ces romantiques désorbités,
quelque innocent, quelque insolent osait murmurer un acte
de charité ou d'amitié pour le génie de la patrie commune,
la réponse du spirituel Fantasio était prête, il faisait la
caricature du patriotisme français ; il dessinait le bon
Chauvin, le brave Chauvin, il dévouait à un ridicule
immortel quiconque tenterait de regimber contre les
modes étrangères ou de manifester quelque fierté du nom
français... L'orgueil national n'a pas survécu à notre victoire.
Il est retombé à plat. La défaite va-t-elle le relever ? On peut
l'espérer à lire les bonnes nouvelles que notre René
Benjamin nous a rapportées des Camps de Jeunesse. Élan,
franchise, résolution, simplicité, énergie, goût du labeur,
dévouement à l'œuvre bien faite, fierté de sa perfection, ces
vertus, ces merveilles sont bien de chez nous. Comment ne
pas les reconnaître, les saluer, les applaudir ? Laissons les
grincheux s'en prendre à je ne sais quelle absence de «
doctrine », si la plainte leur fait plaisir ; j'avoue, pour ma
part, que j'aime assez l'esprit d'insouciance joyeuse avec

lequel un chef du jeune mouvement endosse, d'après notre ami, ce petit trou de la « doctrine ». Ce que l'on entend de nos jours par une doctrine est un habit tout fait, cousu vite et sans réflexion. Les uns veulent y faire concurrence à la religion. D'autres présentent la « doctrine » comme la fondation, l'escalier ou le toit de quelque noble édifice moral qui fait riche dans leur cervelle.

D'autres encore prétendent trouver en ces profondeurs arbitraires un ensemble de préceptes propres à régenter la vie de la France. Or, ils renversent les facteurs. C'est à la France elle-même qu'appartient ce rôle de direction : à la France éternelle. Il ne faut pas permettre qu'elle soit l'objet de prospections, de fantaisie, dérivées de théorèmes nébuleux dont on ne saurait montrer la raison, ni le droit, ni même le sens.

On me dira : — Alors, il faut tout accorder au libre jeu des bons sentiments ? La fabrication de corps robustes, l'exaltation de bons cœurs, la correction des cœurs et des corps déviés, voilà, pour vous, les seuls objets de l'éducation nationale ?

Mais non ! Rien n'égale, certes, la nécessité d'un bon moral français, ce moral est plus précieux que le physique, puisqu'il le fait, mais il ne peut pas exister sans sa cause. Elle s'appelle le mental, et c'est tout autre chose que « la doctrine ». Les esprits ne seront ni illuminés, ni réglés, ni organisés au moyen des vagues contenus d'un manuel civique. Mais il leur faut, pour monter droit, une méthode.

Il leur faut l'art de mettre les choses à leur place, la charrue derrière les bœufs, l'action après la connaissance, l'avenir après le passé et la France avant les Français.

Il faut aux Français la méthode et la direction de la France. Ce qui ne signifie point de simples exercices de patriotisme. L'amour de la Patrie est un effet. D'où naît-il ? De la Patrie elle-même, la patrie connue, si l'on commence par le commencement, qui est d'initier les jeunes Français à la notion de la France, à leur dette envers elle, à la haute valeur de tout ce que leur a donné cette mère de leur chair et de leur esprit, à ses honneurs, à ses bienfaits, à sa gloire et à ses trésors, à la bonté de sa terre, la plus vieille terre d'Europe, le charme de ses arts, de sa langue et de son esprit.

« La France est peut-être de tous les pays de la terre celui qui jouit au plus haut degré de toutes les faveurs de la Providence : sol, climat, productions, elle possède tout. » Qui dit cela ? William Pitt, qui fut un de nos plus grands ennemis, au Parlement de l'Angleterre. On ferait des volumes et des volumes avec les hommages de même valeur rendus à la France depuis les premiers linéaments de son unité. Dante, qui ne nous aimait pas plus que Pitt, parle comme lui, même quand il flétrit le mauvais plant de nos Capétiens fondateurs.

La faveur d'être nés Français compose une bonne fortune incomparable.

— Mais je n'ai rien, je ne possède rien en France, disait un intellectuel qui, en effet, n'était pas riche.

On lui répondit :

— Pardon ! vous possédez en France. Quoi ? Votre culture, votre langue, vos traditions, votre goût, et vous n'avez rien fabriqué ni mérité de ces biens. Ils vous ont tous été donnés gratuitement, avec quantité d'autres qui font de vous un privilégié de la mappemonde, et ce privilège immatériel vaut plus cher que le grand domaine ou les gros sous dont vous ne savez pas faire votre deuil.

Ce n'est pas la faute des Français s'il leur est aujourd'hui difficile de surmonter quelque mauvaise humeur. Un siècle et demi de démocratie, de règne de l'argent, les a dressés officiellement à l'envie, instruits à la jalousie, entraînés à toutes les bassesses inhérentes au régime individualiste des ôte-toi de là que je m'y mette. En revanche, on a beaucoup servi les vertus contraires, la fierté, la générosité, l'honneur, quand on a détruit le régime qui les favorisait à rebours. Reste seulement à savoir si on les favorisera beaucoup par des prêchi, prêcha trop directs ? « Soyez généreux ! Soyez magnanimes ! » Eh ! pourquoi l'être ? Si l'on n'en sent pas les raisons, il y manquera l'essentiel qui est leur fleur de spontanéité naturelle. On ne fait pas naître un rosier en plantant une rose par sa tige dans le gazon. La semence d'abord ! Et puis de l'eau ! De l'engrais ! Du soleil ! Le soleil des esprits et des âmes sera ici la vue de belles choses de la Patrie, leur connaissance exacte et leur méditation secrète. Ainsi, non autrement, peut être donnée une formation et, comme disent les paysans, une façon sérieuse à l'amour naturel du pays ; le nationalisme sera d'autant plus enthousiaste qu'il sera plus conscient.

C'est pourquoi l'Histoire, ici, importe plus que la géographie. Le plus brillant géographe du plus beau royaume qui soit sous le ciel, Michelet, par sa folle histoire, nous a brouillés pour longtemps avec nos ancêtres, et le corps de la Patrie porte encore les cicatrices de son erreur, car cette erreur, servant l'intérêt d'une secte religieuse et politique, a été répandue et défendue longtemps au prix de bien des efforts et des peines. Mais justice est faite. Malgré la résistance officielle des Gabriel Monod, des Buisson, des Steeg, des Pécaut, des Jaurès, l'autorité de Fustel de Coulanges s'est établie enfin, il n'y a plus qu'à suivre cette grande pensée dans laquelle la science scrupuleuse et désintéressée vient couronner les vœux du patriotisme et de l'esprit politique. Cette histoire, conforme à la règle de « chasteté », histoire Vraie, histoire pure, devient le recueil et l'album des innombrables beautés souvent parfaites qui, d'âge en âge, ont illustré la pensée, l'art et la vie héroïque de la Patrie, et leur vaste harmonie, honneur du monde et de l'homme, forme la conscience d'un capital moral immense, qui nous assure d'un point de départ sans pareil.

Les malheureux qui chantaient : « Du passé faisons table rase », ne savaient pas ce qu'ils disaient... Ils s'obstinaient à partir de zéro quand ils étaient nés à cent ou à mille ! Ils voulaient noyer dans l'oubli ou dans quelque sommeil frère de la mort, ces sentiments de haute supériorité native qu'ils avaient trouvés dans la pourpre de leur beau sang.

L'utile réaction est venue, ou elle vient, et les puissances d'enthousiasme de la jeunesse ne sont pas inférieures à la noble lumière qui lui est proposée. Elle y trouvera deux bienfaits ; la claire vue d'une belle route, découverte de haut, les rythmes naturels et les stades logiques de sa propre action.

Entre toutes les révélations de la France, il ne faudra pas oublier le merveilleux langage que nous avons reçu en naissant. Langue d'amour, dit Mistral de notre langue d'oc, Langue d'amour, a redit de la langue d'oïl tout l'univers civilisé.

Veut-on avoir idée des justes passions amoureuses que le français a méritées ? Vers le commencement du XXe siècle, les Canadiens français, pourtant loyaux sujets de la reine d'Angleterre, défendaient avec âpreté le trésor venu de leurs pères, mais ils avaient affaire à forte partie. Les Canadiens de langue anglaise ne badinaient pas sur l'article ; malgré toutes les concessions légales ornées de signatures historiques, ils usaient de tous les moyens pour étendre la domination de leur propre idiome. Le sport en était un. Qui s'intéresse aux jeux du sport par tout le monde habité se condamne à parler anglais. Or, que firent nos Canadiens ? Patiemment, méthodiquement, ils se mirent à traduire dans le pur et beau français de chez eux, qui est si jeune d'archaïsme, l'immense vocabulaire sportif, à commencer par le mot sport lui-même, qui n'est que la moitié de notre vieux desport.

Il y a quelques années, des lecteurs de là-bas eurent la bonté de me faire parvenir ce beau travail. À mon tour, je le communiquai à notre cher ami regretté Lucien Dubech. L'exemple l'enflamma. Il se mit à l'école des Canadiens, s'appliqua au même effort de traduction. Il y réussit et, tant que Dubech a vécu, le vocabulaire sportif fut, dans une large mesure, épuré de ridicules anglicismes. Quelques faux sages ont profité de son départ prématuré pour revenir au vomissement, qu'ils trouvent facile et commode. Facilité ! Commodité ! C'est ce dont on crève fort bien !

Pour le même amour du français, une autre bataille a été livrée dans le voisinage du Canada, à la corne est de la Nouvelle-Angleterre, où beaucoup de paroisses américaines se sont peuplées d'émigrés canadiens, gens sérieux qui veulent que l'on prêche et que l'on chante en français dans les églises. Au début, ce fut dur. L'épiscopat irlandais, si hostile au britannisme en Europe, demeure en Amérique fidèle partisan de « ceux qui parlent anglais ». Peu à peu, la situation s'est modifiée, éclaircie. En 1937, un évêque irlandais du Massachusetts ou du Maine, Mgr Hough, en est venu à déclarer publiquement qu'il est salubre et sain d'user de la langue française. Notre ambassadeur à Washington a vérifié, l'an dernier, l'émouvante fidélité linguistique, religieuse et morale de nos bons nationaux lointains.

Est-ce que, par ici, on ne pourrait pas s'inspirer de si dignes exemples ?

On nous fait parler anglais à chaque instant de notre vie, sans la moindre nécessité. Est-ce que notre langue, ou ses patois, ou ses argots ne trouverait pas facilement un plus joli mot que girl pour désigner des jeunes filles de théâtre un peu dévêtues ? J'avoue que je n'ai pas pu me plier encore à séparer les membres d'une dépêche télégraphique par la syllabe anglaise stop. Pourquoi stop ? Est-ce qu'un point, une virgule, un tiret (comptés, comme stop, pour un mot), ne suffiraient pas ?

Rien ne me fera oublier une très belle après-midi d'une de ces dernières années, sur l'étincelante plage de Fos. De jeunes Provençales étaient là, toutes jolies, belles ou charmantes, types purs et fidèles du génie helléno-latin. Elles causaient, riaient, assises ou allongées dans le sable d'or. Tout à coup, la conversation me parut devenir plus grave ; je me rapprochai et demandai à savoir pourquoi.

— Il s'agit, me dit une baigneuse, de mon short.

— Pardon, Madame ou Mademoiselle, pourquoi ne dites-vous pas my short ?

— Mais je suis Française, je parle français !

— Mais short n'est pas français !

— Voudriez-vous que je dise mon court ?

— En effet, mon court, avouai-je, peut manquer de grâce, mais est-il impossible de chercher autre chose ? Voyons ! Après tout, pourquoi pas : mon bref ? Le mot dit tout ce qu'il doit dire. Il est noble, il est vieux, il est frais. On a Pépin le Bref, Mistral a son « Bref de sagesse ». Pourquoi n'aurions-nous pas un Bref de beauté et d'amour ?

Pourquoi pas ? La trouvaille fut loin de déplaire. Il fut question de l'adopter et de la propager. Sont-ce les malheurs de la patrie qui y mirent obstacle ? Ou la mode des plages n'a-t-elle pas tourné ? Le dernier accessoire de bain qui y ait été arboré par les dames portait, si j'ai bonne mémoire, un nom japonais.

Ah ! si l'on savait m'entendre !

Ah ! si l'on voulait me suivre !

Ah ! si seulement quelques patriotes le voulaient bien, l'article de Paris lui-même finirait, peu à peu, par retrouver des noms français, et qui sait ? notre Dictionnaire, dans le cas où la lettre B ne sera pas épuisée et dépassée quand toute l'Académie sera rentrée à Paris, portera une ligne nouvelle pour définir un nouveau sens du mot Bref...

Mais la condition, le si seulement prime tout. Il faut d'abord que nos Français et nos Françaises veuillent, sachent s'aimer, dans leur titre et leur qualité de fils et de filles de la France, en tant qu'ils parlent français et qu'ils sont légataires et bénéficiers d'un naturel, d'un art, d'une histoire, d'une pensée que rien n'a jamais surpassés ni même valus.

On demande, parfois, aux optimistes d'où provient leur confiance dans l'avenir. On vient de le voir ; elle tient au passé, elle vient de l'acquis, et de cette force secrète qui dort dans nos tombeaux, qui sont tous des berceaux. C'est ce qu'il faut comprendre, c'est ce qu'il faut répandre et, ma foi, dans la mesure du possible, ce qu'il faut oser imposer.

Charles Maurras

3

JEUNES ET VIEUX

Est-ce que les jeunes gens ne sont pas un peu ennuyés de toutes ces enquêtes sur « la » jeunesse ? De mon temps, l'on incorporait d'office à la tribu des vieilles barbes les camarades qui répondaient trop sérieusement aux avances de courtisans intéressés.

Car, que pensions-nous de nous-mêmes ? À vrai dire : rien. Nous aimions mieux penser à autre chose, par exemple à ce que nous ne connaissions pas, pour le découvrir, ou que nous n'avions pas, pour l'avoir.

— Oui, mais, nous demandaient les mêmes bons enquêteurs, qui ressemblaient comme des frères à ceux d'aujourd'hui, qu'est-ce que vous voulez avoir ?

Nous répondions : « Tout », et leur souhaitions le bonjour.

Les dispositions ne doivent pas être bien différentes pour le quart d'heure, et les rares phénix qui consentent à scruter leur moi et à donner en longueur, largeur et profondeur les mesures de leur nombril finissent bien par sentir qu'on leur tend là de pauvres pièges.

Voyons ! Est-ce qu'une société se compose : 1o d'une enfance ; 2o d'une adolescence ; 3o d'une jeunesse ; 4o et 5o d'âge mûr et de vieillesse, parqués en des secteurs pavoisés d'étiquettes multicolores et non communicants ? Dans la vie, tout cela est mêlé, brassé. Grands et petits, anciens et nouveaux, arrivants et partants ne cessent de se rencontrer, de s'unir, de se séparer, pour se coudoyer, se croiser de nouveau sur les mêmes chemins. Seule une abstraction artificieuse les sépare et les distribue, pour former de petits paquets discordants, comme ceux entre lesquels on partage ouvriers et patrons, urbains et ruraux, industriels et commerçants. Ces catégories ne sont ainsi stabilisées que pour aboutir à des rivalités et à des concurrences telles qu'une guerre sociale en doive sortir. À supposer que l'inégalité naturelle des âges ne produise pas les besoins les plus variés, avec la nécessité d'y mettre chacun du sien, on finirait par obtenir la même petite guerre entre les générations. Est-ce très souhaitable ?

Certes, il est un terrain qui a toujours appartenu, de droit naturel, aux rassemblements de jeunesse. C'est le terrain des jeux. À peine y est-il besoin de quelques maîtres et moniteurs au-dessus du bel âge ; encore les vrais jeux, ceux où l'on s'amuse, ont-ils cela de bon qu'il n'est pas besoin de les enseigner. Ils s'apprennent tout seuls.

Mais on ne joue pas du matin au soir. Vient l'heure de l'étude et du travail. Quand cette heure grave de la vie sonne, il faut avoir le cœur de contredire le préjugé courant. Un proverbe éculé prétend que qui se ressemble s'assemble. Point du tout. Nous disons qu'il faut rassembler ce qui ne se ressemble pas. On fera quelque chose avec les esprits et les corps qui sont dissemblables, la femme près de l'homme, le riche près du pauvre, le prêtre près du guerrier. Raison : ils se complètent et se multiplient.

Si l'on accumule au même endroit les mêmes dons et les mêmes ressources, les mêmes qualités et les mêmes défauts, le double emploi suivra la stérile addition. Ce sont les complémentaires qui se recherchent et se fécondent.

Osons donc dire à la jeunesse :

— Vous êtes jeunes, nous sommes vieux. C'est pourquoi venez avec nous. Vous débordez d'allant, de vigueur, de confiance, d'enthousiasme, vous disposez d'un potentiel vital qui nous quitta depuis longtemps. Ah ! oui, nous avons besoin de vous. Mais, vous aussi, de nous. Les trois quarts du temps, nous savons ce que vous ignorez. En vous l'apprenant, nous le rendrons enfin utile. À vous la fraîcheur des cerveaux et la vigueur des muscles, à nous, sous nos rides profondes, les profonds replis de la réflexion, la richesse des souvenirs, le calcul des prévisions justes.

Vieillesse ne peut pas ? Jeunesse ne sait pas ! Mettons en commun nos pleins et nos vides, nos forces et nos faiblesses, nos manques et notre avoir. Nous ferons quelque chose de dense et de complet. Il faut de tout pour faire un monde, dit un autre proverbe qui mérite d'être entendu ; toute la lumière des uns et toute la ferveur des autres.

Oh ! nous ne nous forgeons pas de chimères, nous ne nous dissimulons pas les bousculades de l'histoire : les « place aux jeunes » y sont de tous les temps. Il est gai de faire l'insolent envers les devanciers ; il est doux de tirer le nez aux bonzes et de jeter par la fenêtre les bustes poussiéreux. J'ai, pour ma part, sur la conscience la confusion d'avoir écrit un beau petit entrefilet de révolte qui se terminait par cette apostrophe à l'adresse d'importuns radoteurs : « Nous prions les cadavres de nous laisser tranquilles. » Était-ce tapé, non ? Ce n'était pourtant pas tout à fait sincère, car, vers la même époque, un de nos grands aînés me reprochant de paraître me plaire chez les compagnons de son âge plutôt que parmi ceux du mien, je répondais : « J'en viens. Qu'est-ce qu'ils m'ont appris ? » Cela non plus n'était ni tout à fait juste, ni pleinement vrai. Car les amitiés juvéniles sont extrêmement riches de sens, elles aussi ! Mais trop souvent elles se limitent à d'interminables confrontations de deux ou trois natures voisines, trop parentes. Leurs « moi » latents ainsi tirés au jour font que l'élan multiplie l'élan. Ne le gênent-ils pas aussi ? Plus le jeune homme éprouve une vie ardente et lucide, mieux son instinct lui fait rechercher des conseillers qui soient des anciens. Entre tous ces novices, les plus sûrs d'eux-mêmes et de leur objectif vital sont aussi les plus âpres à quêter l'avis des pilotes qui écumèrent la mer où ils vont se lancer. Ni cartes ni portulans ne peuvent suffire ; ils aspirent à l'initiation orale, au témoignage audible et tangible de l'expérience parlée. Ils sentent qu'un dépôt, un beau dépôt est là, exposé à périr avec ceux qui sont près du terme. Il est riche, puissant, fertile. C'est le dépôt des germes qu'on ne veut pas laisser dissoudre en vain ; c'est le capital que convoite dignement un digne héritier.

Une exception peut être faite. Pour le très petit nombre des seuls parfaits. On a vu des natures humaines qui sont accomplies à vingt ans. Rien ne leur manque. Elles sont mûres, prêtes, mais souvent pour une autre vie. Aussi étonnent-elles à leur passage, éblouissent-elles par la précoce divination de tout le secret de la vie ; personne ne le leur a révélé, et c'est à peine si le temps leur est donné de l'apprendre à d'autres en transmettant leur souffle et leur sang... Il faut, ici, penser à la lettre d'un lieutenant de vaisseau, orphelin de l'autre guerre et assassiné par les Anglais à Mers-el-Kébir ; il écrivait, en mai 1940 :

> *Ma chère maman,*
> *Je suis sûr de moi et des autres, je suis sûr de vous, je suis sûr des frères et des sœurs, je suis sûr et fier de ma femme et de mon fils. Que voulez-vous qu'il nous arrive de mal ? Nous sommes au-dessus de cela.*

Aucun maître n'avait pu dicter à ce héros de telles certitudes. Il n'avait pu apprendre à vivre ainsi au-dessus des temps et des hommes. Il n'avait presque plus de commune mesure avec eux. La Mort le lui a fait bien voir.

Fors ces rares destins « hors série », la transmission du dépôt magistral détenu par les vétérans est une nécessité de l'ordre physique. L'enseignement du maître en est une autre. Mais le maître peut être bon ou mauvais. Ou il donne ce qu'on attend de lui, ou il le refuse. Ou il comprend, devine, prête main-forte, ou il trompe et déçoit. On ne jugera point équitablement de la jeunesse française si l'on ne fait la part de tant de déceptions contre lesquelles elle a dû frapper de véritables coups d'État personnels, dans l'immense effort qu'elle a dû tendre et coordonner pour s'évader des lieux infernaux où on l'avait laissée ou même enfoncée.

— Qui, on ?

— Le maître.

Tantôt par la carence et l'omission, tantôt même directement par suggestion ou persuasion.

Assez récemment, un jeune homme m'a fait des confidences que je n'oublierai pas :

> *On nous reproche, disait-il, d'avoir au fond de nous-mêmes un certain mépris des idées. Croyez-vous ? À l'extérieur, et en apparence, peut-être. Au fond, c'est elles*

que nous cherchons, mais il nous les faut nettes, claires, distinctes et vivaces. Aussi avons-nous passé par des alternatives de dilettantisme absolu et de nihilisme radical. Tantôt nous aimions tout, tantôt nous ne tenions à rien. Nous répudiions en bloc ce que, la veille, nous avions respiré voluptueusement. Puis, revenait le grand vertige des hauts désirs qui nous animaient ; comprenez-le bien ! Désir de l'ordre, besoin de discipline et de hiérarchie, aspiration à un choix raisonné et au juste départ entre les principes en discussion. Certaines vues fondamentales nous étaient naturelles ; nous les tenions de nos familles, de nos milieux, souvent de notre propre expérience secrète, mais elles étaient quelquefois contrariées à angle droit par telle et telle théorie livresque provenant de penseurs qu'une habile propagande nous avait présentés comme le nec plus ultra de la raison moderne. Leur action nous scandalisait. La réaction ne traînait pas. Et, quelquefois, c'étaient nos corrupteurs qui la provoquaient.

Exemple ? Oh ! c'est bien simple. Dans une grande école, tel de nos anciens professeurs de philosophie, un Juif, nous disait : « Je me suis marié parce que le divorce était permis... » Voilà le bizarre docteur qui était chargé d'enseigner la patrie et l'honneur à de futurs officiers. Quelques propos du même genre finirent par porter leur fruit. Le bonhomme fut mis à la porte de sa classe où il ne

remit plus les pieds. Ainsi, l'imagination incertaine nous
faisant flotter au milieu d'abstractions ennemies, notre
jugement (la plus mystérieuse des facultés) n'étant point
encore formé, la vue claire et sensible d'une honte vivante
nous déterminait malgré nous. L'action, l'épreuve, la vie
apportaient en nous leur moralité avec leur purification.
Au fait, pourquoi nous étions-nous découvert une
vocation militaire ? Obscur besoin de règle extérieure et
d'ordre profond ! Pourquoi tant d'autres se sont-ils
tournés vers la foi ? Aspiration obscure aux lumières de
l'unité ! Le nombre de nos camarades croyants n'a cessé
d'augmenter depuis dix ans et ce sont des croyants
complets ; ils ne se contentent pas de pratiquer pour eux-
mêmes, ils sont apôtres, ramenant vers l'église, le
dimanche matin, soit un père, soit un frère, soit un ami...

En recueillant de cette bouche de vingt ans ces confessions
datées de 1942, il était impossible de ne pas me reporter aux
années lointaines où, s'interrogeant de même dans Paris à
vingt ans, le jeune Maurice Barrès décrivait ses hésitations
entre la Science, la Foi, l'Action, et terminait une espèce de
prière à cette trinité par l'émouvante invocation à son dieu
inconnu : « Qui que tu sois, ô Maître, Axiome, Religion ou
Prince des hommes ! » D'autres pages du même livre y
préfiguraient ce qu'on vient de lire.

De tous les mauvais maîtres, le pire appartient
certainement à l'espèce des stérilisants qui se dispensent de

renseigner la jeunesse sur ce qu'ils ont appris du passé pour lui raconter que le monde est né de la pluie d'hier et que d'imprévisibles nouveautés ne manqueront pas de sortir de la pluie de demain ; qu'il n'y a ni routes, ni phares, ni baromètres ; qu'il n'existe pas une expérience, lumière des hommes ; qu'on n'a rien vu de ce qui arrive et qu'on n'aura rien su de ce qui va arriver ; qu'enfin le progrès fatal du bel et juste avenir sortira sans qu'on y songe d'un ordre de choses inouïes, toujours vertes, toujours nouvelles, qui ne cesseront de placer l'homme en présence de quelque nouveauté absolue ! Le magister qui chante cette fable n'a plus qu'à déchirer tous ses livres et à se passer sa férule au travers du corps.

Non. Peu de choses sont nouvelles. Beaucoup le paraissent et ne font que ressasser de l'ancien. Et c'est l'ancien qu'il faut connaître ou reconnaître pour juger quelle confiance faire au nouveau ! Toutefois, dès que pointe une de ces fleurs dont la racine est vieille et la couleur née du matin, il se trouve quelque officieux journaliste accourant d'un pied léger chez tous les gens connus pour avoir leur avis sur la percée de ce bouton sans précédent. C'est ainsi qu'un beau jour quelqu'un s'est rencontré pour me venir questionner sur l'évolution de « la » jeune fille moderne. Comme ce n'était plus de mon âge, je conseillai au visiteur d'aller interroger des jeunes gens qui fussent entre la vingtaine et la soixantaine, car la jeunesse d'à présent tient jusque-là.

— Mais enfin, insista mon confrère, si les jeunes filles ne vous concernent plus, leur évolution peut être objet d'étude comme un myriapode ou un papyrus. Comment n'en seriez-vous frappé ? Cela est clair, criant. Cette allure ! cette certitude ! ce goût des études abstraites ! ce jugement tranché ! cette démarche militaire ! n'est-ce pas le point de départ d'un monde féminin inattendu et vraiment jamais vu ?

— Non, cette allure nouvelle de la jeune fille moderne n'est pas du tout le fait de l'Évolution. Et d'abord, votre Évolution, je n'y crois pas du tout. Pas plus qu'à la courbe continue d'une prétendue loi de l'histoire. Il ne s'agit pas d'un départ pour quelque chose de tout neuf comme votre Déesse l'aurait voulu, c'est l'oscillation perpétuelle qui éloigne les fils des pères et les filles des mères, mais qui rapproche les uns et les autres des bisaïeux, des trisaïeux. Ce que l'on prend pour une invention inédite est, au contraire, une constante de notre vieille vie. Ces demoiselles ne différeront de leurs mères et grand'mères que par retour au type de leurs arrière-mères-grands. Aux romanesques, musiciennes, éprises de rêverie et de poésie, succèdent les dernières nées, positives, qui bûchent leurs langues anciennes, font de la mathématique, du droit, du sport. Mais Jeanne d'Arc, Jeanne Hachette, Philis de la Tour du Pin, sans oublier Clorinde et le peuple amazone, étaient aussi sportives qu'elles. Les grandes dames du XVIIIe siècle se passionnaient pour les théorèmes de d'Alembert. Celles du XVIIIe savaient autant de latin qu'homme du monde !

Quant au grec, sans remonter aux Précieuses, qui embrassaient les gens rien que pour ça, souvenez-vous de Mme Dacier 1 ; ses traductions d'Homère tiennent encore. Exceptions ? Allons donc ! Ou rarissimes exemples de hautes élites très retranchées ? Mais non ! Détrompez-vous ! Les originales ont toujours été très imitées. Les modes de l'esprit ressemblent à celles des jupes. Il a toujours suffi d'une demi-douzaine de savantes à Paris pour en recruter des centaines dans les provinces. Cela s'est vu et se verra.

Badinage à part, ce qui a manqué aux maîtres de la jeunesse et ce en quoi ils lui ont le plus manqué de nos jours, c'est le sentiment et l'enseignement du durable, du stable, de ce qui est co-éternel au genre humain. Grâce à eux, la fausse Déesse dont nous nous moquions tout à l'heure avait profondément déséquilibré nos prédécesseurs. Sans y croire autant qu'eux, nos contemporains en sont encore les dupes inquiètes, troublées.

Bien peu, surtout ceux qui enseignent, ont osé revenir à concevoir le type naturel d'une vie sociale dont les cadres existent et font leur affaire. Ceux qui se raidissent vers un progrès utopique et menteur n'ont pas encore compris à quel point l'on est tangent à la perfection et à la synthèse lorsque des êtres différents, étant pourvus des droits et des devoirs correspondants, les exercent en s'aidant de l'harmonie de leurs disparités, et se confortent et se concilient de manière à créer, pour le groupe, la force et, pour l'individu, le bonheur.

On n'a rien trouvé de mieux, néanmoins ! On peut défier les plus savants réformateurs de mieux faire. Pour naître, durer et grandir, le nouveau-né dans son berceau a besoin de géants qui soient autour de lui capables de le nourrir, de le vêtir et de l'élever. L'adolescent veut des adultes qui lui enseignent la vie et ses mœurs, ses métiers et ses arts. Quand il aura grandi, les rôles se renverseront ; on lui demandera sa force, il pourra rejeter, mais il pourra aussi, s'il le veut bien, accepter la grâce merveilleuse des longs tâtonnements où se sera consommé l'effort de l'ascendant ; ainsi s'instruira-t-il à savoir où aller sans se perdre en hésitations qui l'épuiseraient. Chacun donne et reçoit, apporte et emporte à son tour. Comment des mécanismes naturels aussi beaux peuvent-ils être méconnus ou défigurés par l'imagination de quelques pédants ?

Charles Maurras

4

LE GOÛT DE LA VÉRITÉ

C'est ce qui passe... Mais oui ! C'est un goût qui s'en va. Les gens se sont laissé tellement tympaniser par la nécessité d'une « mystique » ou la beauté des « mythes » ! Ils en oublient que le mystère des « mystiques » ne sert pas à grand-chose s'il ne vient pas de la lumière et n'y retourne pas. Ils ne se disent pas que mythe veut dire fable, c'est-à-dire invention qui peut cacher la vérité, mais qui la contient en un fonds secret.

Dans le débordement d'imaginations gratuites et de rêveries arbitraires, on se redit, avec un plaisir toujours accru, que deux hommes ont existé, dont l'un survit, qui ont surveillé leur langue et leur plume au point de ne jamais se permettre l'erreur de fait ; l'un fut notre vieux maître, mort et enterré depuis longtemps, Sainte-Beuve, qui, quoique journaliste et ainsi plus exposé que personne à ce genre de péché, s'arrangea toujours pour ne rien écrire de contraire aux réalités contrôlées, et l'autre, le maréchal Pétain : relisez ses Messages, ses Actes, ses Discours, vous serez étonné de l'étonnante solidité de ses propos. Ce qu'il n'a cessé d'appeler à son secours est la vérité, la vérité connue et reconnue. Les hommes ennemis, les esprits infidèles peuvent se coaliser bassement, sa confiance suprême, son esprit de foi dans la France peuvent être déçus par d'indignes collaborateurs ; pour tout ce qui est, qui demeure, qui tient, jamais cette mémoire, jamais cet esprit n'a faibli. Le Maréchal y est aussi imbattable que Sainte-Beuve. Ce qu'il évoque, ce qu'il invoque, est toujours le vrai, et, comme disait précisément son précurseur imprévu, « le vrai seul ».

On n'a jamais autant prétendu raisonner qu'aujourd'hui. Surtout, l'on n'a jamais autant rêvé d'appeler les gens du passé au témoignage et à l'arbitrage des conflits du présent. Les citations, les citateurs croissent à l'envi. La presse nous met au courant d'un tas de réunions plus doctes les unes que les autres où tout ce qu'il y a de savants et de sages sont censés venir au secours du simple et de l'ignorant. De beaux résultats ont été marqués, pense-t-on ; dans les Alpes, disent les uns, et, disent les autres, au Plateau Central. Je serais bien surpris que nos belles Pyrénées en soient délaissées. Partout, partout, sont donnés des rendez-vous et organisés des colloques entre hommes de science ou de sagesse, ou, plus simplement, de ceux qui aiment ces deux disciplines et que l'antiquité appelait philosophes. Il est curieux de voir ce que l'on recueille des échos de ces réunions ; une orgie de mots ou, si l'on veut, leur ballottage au fond de quelque chapeau pointu ! Je dis : les mots les premiers venus, et les plus éloignés des choses.

Exemple : des discuteurs se mêlent de tirer une objection à je ne sais quel principe, du caractère individualiste de la littérature du XVIIe siècle. Diable ! Diable ! L'individualisme de l'auteur d'Horace, fanatique de la Patrie, ou de l'auteur de Bérénice, obsédé des majestés de l'Empire qu'il égale aux royautés de l'amour ! L'individualisme de l'auteur d'Iphigénie, la Jeanne d'Arc de l'hellénisme devant les murailles de Troie ! L'individualisme de Bossuet ! L'individualisme des plus sociaux et des plus communautaires (c'est le mot à la mode) de tous les moralistes connus !... Il y a mieux. Un pieux critique vient d'humilier la « poésie profane » ou « païenne » du même XVIIe siècle, et proprement de Racine, pour exalter je ne sais quel olibrius contemporain. Quelque chose me dit qu'il oublie quelque chose. Quoi ? Peuh ! Esther ! Peuh ! Athalie !... On a envie de se demander si les mots de la langue ont changé de sens ou si les gens font exprès de les employer à rebours. Et l'on se dit : voilà devant quelles rêveries on fait « sécher » de bons jeunes gens ! C'est là-dessus qu'on les embarque pour disserter sur les révolutions de l'histoire ou les principes « uniques » dont l'usage est prescrit aux nations, comme « vitaux » : excusez du peu !

Vous me direz que individualisme et anti-individualisme, «
paganisme » ou « non-paganisme » sont affaire de jugement
personnel.

Je ne le crois pas. Admettons-le pour vous faire plaisir. Mais
enfin, il y a le fait, le fait cru. Nu et cru. Et c'est contre les
points de fait que l'on voit, tous les jours, éclater comme
d'énormes pâtés d'encre noire ou violette, l'offensive la plus
certaine et la plus directe. J'en prends à témoin quiconque
a quelque souvenir de ce que l'on peut appeler la mémoire
courante de l'esprit humain... Il n'est pas un propos
historique qui, de mois en mois, ne soit repris, plus ou
moins déformé, et attribué aux gens les plus différents. Je
me suis amusé à compter à combien de « sages » ou de «
sophistes » de la Grèce ancienne on a attribué couramment
le joli mot de Bias : Omnia mecum porto, je porte tout mon
bien avec moi ! Peut-être n'ai-je moi-même si bien retenu
le nom de Bias que parce que les maîtres provençaux qui
me firent la classe s'étaient amusés à noter que ce Bias
n'emportait même pas de biasso, c'est-à-dire la besace, à
laquelle son nom, dans notre langue, semblait le
prédestiner... La méprise n'a guère plus d'importance que
n'en aurait l'attribution exacte. Ce qui en a, c'est
l'insouciance absolue, la royale indifférence pratiquement
proférée à cet égard. Pauvre, pauvre, ce journaliste que je
connais bien et qui se mordit les doigts de longs jours pour
avoir attribué à Eugène Lautier le siège de la Guadeloupe
quand son mandat législatif lui était venu de la Guyane
dorée ! Le coupable est content de pouvoir en demander

aujourd'hui pardon publiquement à ses victimes qui s'en moquent bien. Mais elles ne peuvent se moquer de savoir que la plus simple et la plus connue des histoires anecdotiques soit altérée à chaque instant sans scrupule ni pudeur.

Vous me direz que ça n'y fait rien. Ça n'y fait rien en effet. C'est une babiole. Voulez-vous du grave ? En voici.

Nous avons tous dénoncé et même détesté chez Kant le fondateur de la morale indépendante, c'est-à-dire d'une règle de mœurs tout à fait libérée de motifs supérieurs qu'inspirent les commandements de Dieu avec les récompenses et les châtiments qui en découlent. Ce stoïcien moderne que Musset appelait un « chrétien allemand » a, sans conteste, beaucoup contribué (en France du moins), par les soins de la brigade républicaine mobilisée par Jules Ferry (Ferdinand Buisson, Pécaut, Steeg père, Monod et autres déjà nommés) à la division des esprits et au relâchement consécutif des mœurs. Leur kantisme plus ou moins dilué a été le mauvais démon de notre école primaire. On n'en saurait penser trop de mal. Mais, enfin, il est ce qu'il est ! Et Kant n'est pas le contraire de Kant ! Or j'ai eu l'autre jour la surprise de voir (ou plutôt, hélas ! de revoir), sous des signatures qui n'étaient nullement de primaires, cette énormité que Kant avait inventé une morale « sans obligation ni sanction ». Kant, qui fait tout reposer sur l'obligation morale, Kant qui édifie ou réédifie sur le fondement de cette certitude (la seule qu'il admette), et sur ses corollaires, l'existence certaine de la vie, de l'âme, du monde extérieur et même de Dieu ! Bref, il reconstruit tout, mais tout, sur l'obligation et sur la sanction ! Que l'une et l'autre, chez lui, soient fragiles, c'est une autre question. Qu'elles ne tiennent pas, je serai le premier à le dire. Je ne nie même pas qu'il se soit trouvé un lointain disciple ou censeur, nommé Guyau, qui, en fait, parla comme on le fait parler, lui. Mais ce n'était pas lui ; Kant, tout de même, est Kant. Il existe. Il survit à l'auteur d'une Esquisse d'une morale sans obligation ni sanction. Ce titre de livre est tout ce qu'on a retenu de ce Guyau, philosophe rhétorique et biologique dans le genre de Bergson, qui a, en somme, effacé sa trace.

Peut-être garde-t-on aussi de lui (faisons bonne mesure) quelques vers éloquents et une page non moins éloquente sur une plante, l'agave d'Amérique, qui meurt en donnant sa fleur... Ajoutons qu'il était le beau-fils d'un professeur nommé Fouillée. Rien de tout cela ne permet de le confondre avec Kant, qui l'a précédé de plus d'un siècle.

Mais laissons Kant. Voulez-vous en venir à sainte Jeanne d'Arc ? C'est encore plus fort.

Le romantisme et l'esprit révolutionnaire ont beaucoup « accommodé » Jeanne d'Arc, et je ne suis pas certain que la coiffure de tous ces Figaros lui aille très bien, ni lui eût convenu si elle avait été consultée. Car, à force de la faire naître du « peuple », on finissait par lui enlever toute éducation nationale et morale. L'arbre des fées et les voix suffisaient à tout. Je veux bien. Mais Jeanne avait en elle plus que le suffisant. Elle surabondait de qualités, de vertus, de mérites et de ces traits de haute dignité qui ne s'accordent pas avec le petit esprit de plèbe dont on la gratifiait sans raison. Qu'est-ce que cette « enfant de rien » que l'on veut nous montrer ? Sa grand-mère avait fait le pèlerinage à Rome et y avait probablement rencontré sainte Catherine de Sienne. Il y avait des traditions assises à son foyer.

Nous sortons peu à peu de cette convention, aussi dangereuse que fausse. La Libératrice du territoire n'était même pas la pastoure de profession que représente une imagerie fausse. Quand les juges de Rouen lui demandèrent si elle conduisait des troupeaux : « Oui, répliqua-t-elle, ceux de mon père. » C'est que Jacques Darc n'avait rien de commun avec un prolétaire. Il était le doyen et le chef des hommes du village. À leur tête, il avait défendu Domremy contre les Anglais. Un « mistère » joué à Orléans, peu après le bûcher de Rouen, lui donnait même du gentilhomme. Sans être noble, Jeanne était de bonne maison.

Siméon Luce 7, le grand érudit, a compté l'avoir, terre et cheptel, de la famille Darc. Elle n'était pas pauvre. Écrivant à la fin du XIXe siècle, l'historien, qui mourut en 1892, fixait les revenus des Darc à 5 000 francs d'alors, des francs Germinal. Combien cela aurait-il fait de francs Poincaré ? et de francs Auriol ? et de nos tristes francs à nous ? Je ne voudrais pas habiller sainte Jeanne d'Arc en ploutocrate capitaliste, mais il faut avouer que les additions et les multiplications nous conduisent à passer de beaucoup la centaine de milliers de francs annuels. Le rang social extrêmement humble auquel on dépose la Pucelle inspirée n'a donc rien d'historique. Elle ne savait pas écrire ? Soit. Mais lire ? On en discute. Cela est au moins très probable. Et l'éducation des filles d'alors comportait autre chose que le b-a ba. Toujours devant ses juges de Rouen, elle défiait filles ou femmes de filer aussi bien que le lui avait appris sa mère ! Il faut nous résigner à la classer dans un Tiers État rural que surélevaient alors la religion, l'honneur, les vertus de fidélité, les dons de sagesse traditionnelle, tout ce qui donna tant de pointe et de mordant à ses réparties, soit au Conseil du roi, soit à Reims, soit dans les affreuses perspectives de son supplice. Une fille de France, dans son vrai naturel hérité, inné et affiné par tous nos vieux génies de Champagne et de Lorraine ! Ne la comparons pas à ces fades et ridicules figurations de bergerette presque sans famille et sans nom, car Jeanne avait un nom : Darc était un nom de fanion, de bannière. Et prenons en pitié les complaisances d'une misérable littérature.

Sur quoi l'on objecte : « Et le Ciel ? Et Dieu ? Et les Voix ? » Mais il ne semble pas que le Ciel ni Dieu aient exclusivement communiqué avec les prolétariats et les plèbes. Quand il s'est agi d'une incarnation divine, l'élection de la royale fille de David a peut-être préfiguré le choix de Jeanne d'Arc, que motivaient ses vertus et les vertus des siens.

Il est vrai, les inventeurs d'une Jeanne démagogique le faisaient exprès. Ils ne se trompaient ni par mégarde, ni pour le plaisir de se tromper. On aperçoit au net et au vif le désir de dénaturer le passé pour en décorer un présent assez vilain ; il s'est agi de flatter la démocratie.

Mais les fabrications intentionnelles, les mensonges voulus, auraient été moins faciles si l'on avait moins répudié l'habitude d'un certain goût de la vérité désintéressée. Tout a été perdu, tout a été livré du jour où l'on s'est mis à tout avaler, bouche bée, de ce qui peut être dit et écrit. Personne n'a plus réfléchi, ni vérifié, ni protesté. Il n'y eut presque plus de critique littéraire, mais des éreintements et des panégyriques, les uns et les autres commandés par quelques intérêts, quelque rivalité ou affaire de clans. On a laissé courir tous les propos en l'air.

Il s'en est ensuivi que deux maux se sont aggravés l'un par l'autre. Le mal du gouvernement parlementaire s'est enflé de toutes les inepties menteuses que l'on débitait obligatoirement sous son vocable et en son honneur. Au mal de l'indifférence sur le vrai ou le faux s'ajoutaient les mauvaises mœurs engendrées de la « maladie démocratique », le morbus democraticus de Sumner Maine 8 et que cette maladie tutélaire couvait et encourageait.

Sommes-nous au bas de la pente ? Sera-t-il possible de rouler plus bas ? C'est une question sans doute. Mieux vaudrait ne pas la poser ainsi.

Mieux vaudrait que tous les Français dignes de ce nom prissent une résolution solennelle, celle de ne plus laisser passer de fictions, innocentes ou criminelles, intéressées ou non, et qu'ils jurassent de leur donner, tous les jours de leur vie, une chasse hardie, directe et violente. Cette chasse aux erreurs, aux mensonges, aux nuées, pourrait gêner la commodité de quelques publicistes féconds. Cela les obligerait à se surveiller et à se tenir. Peut-être cela les améliorerait-il ! Et ils auraient plus tard à s'en féliciter.

Quand on traverse quelque défilé buissonneux, l'ancienne sagesse disait qu'il ne faut pas laisser flotter au vent sa tunique, mais bien plutôt donner à sa ceinture un double ou triple cran. La France ne roule pas sur une grande route unie et spacieuse. Beaucoup de choses y menacent d'accrocher, tout comme dans le classique défilé. Ne nous laissons pas déchirer par ces piqûres empoisonnantes, le faux ne vaut plus rien dans notre cas. Suivons le vrai, le vrai seul !

Charles Maurras

Inscriptions sur nos ruines

5

LA FIGUE-PALME

On dit que cette année de guerre universelle est aussi une année de figues, et personne ne veut parler des figues martiales que le bailli de Suffren expédiait, par la bouche de ses canons, aux Anglais de la mer des Indes :

Qu'ils tâtent d'abord des figues, d'Antibes !...

Ces figues de la chanson, nées du figuier de Barbarie, sont cuirassées d'une écorce dure, elle-même hérissée et comme barbelée d'un velours de poils très piquants. Elles n'ont rien de commun avec le doux fruit sans défense qui aujourd'hui abonde sur nos tables disgraciées. Sur cette figue véritable, que d'histoires ont été faites, et que de poésie !

Vers la fin du Premier Empire, un ancien capitaine de vaisseau qui s'appelait aussi Suffren, moins la gloire, avait couché par écrit la nomenclature et la description de toutes les figues de Provence, d'Espagne, des États de Gênes, et bien que la mort l'eût empêché d'étendre son travail au sud de l'Italie, à la Grèce, à la Syrie, à l'Inde, il n'en dénombrait pas moins de 366 espèces, dont 122 pour la Provence, 67 pour les seuls arrondissements d'Aix, Arles et Marseille ! Toutes ces « qualités » d'autrefois survivent-elles ? ou s'en est-il perdu ? Il y a cent ans, les compétences juraient que, depuis une certaine date fatidique et critique, 1739, le bel arbre des figues a commencé à dépérir ou à dégénérer. Sa taille est devenue modeste, elle s'est même rabougrie, elle qui atteignait à la hauteur du chêne ! Cependant, ses racines n'ont pas perdu la propriété d'aller chercher à de grandes profondeurs leur eau ou même leur fumure. Et puis, les troncs peuvent mourir du froid des mauvais hivers, une sève vivace n'arrête presque jamais de jaillir en nouveaux rejets. Et voici le plus beau : les nobles espèces ont maintenu leur privilège de donner deux récoltes par an, la commune vague d'automne est précédée au printemps, pour la Saint-Jean, d'une avant-garde, de figues-fleurs, les bien nommées, longues, grasses, fondantes, mêlant à leur sucre de miel on ne sait quel poivre secret que notre air de mer leur distille.

Toutes ces figues sont classées tant bien que mal dans ma vieille Statistique des Bouches-du-Rhône de l'an 1824, selon le principe de leurs couleurs, alpha les figues blanches, bêta les colorées, gamma les noires ou noirâtres. Mais cette botanique bon enfant oublie le moins possible les curieux noms que ces figues ont reçus de traditions vieilles ou nouvelles ; à côté de la Sextius qui prospéra dans les jardins consulaires de M. Gibelin, à Aix, ou de la Tonnelle qui, voilà cinq bons quarts de siècle, fut l'honneur des vergers de MM. Audibert frères, à Tarascon, on mentionne leurs sobriquets immortels, on cite la Trompe-Chasseur que sa couleur verte confond dans le feuillage et qui peut échapper ainsi aux maraudes, ou la Franche-Paillarde, dont les mauvaises mœurs sont effrontément célébrées. Mais il y est aussi question de la Figue-Datte. Celle-là, je l'ai connue sous un nom plus brillant, je ne la dégraderai pas.

Car je l'ai toujours entendu nommer la Figue-Palme. C'est le vrai mot, qui ne sort pas d'un vieux bouquin. C'est celui qui m'a été dit depuis le jour où j'ai cueilli, goûté, savouré, regretté, redésiré la chose, la douce et belle chose, suivant l'ordre et la fuite de nos saisons. Personne autour de moi, parents, maîtres, bonnes, paysans, n'en parlait d'une autre manière.

Certes, le vert frais de sa peau, près du pédoncule, la dégradation de la panse, du mordoré au bronze, évoquent bien la tonalité propre à l'or brun de la datte, comme, au surplus, le goût, si l'on peut se fier à l'imagination des folles papilles de nos langues et de nos palais, ce goût d'ambre aérien allie et rapproche ma figue de la datte... Mais il y a bien autre chose ici, et l'évocation de la palme lui ajoute on ne sait quel arôme supérieur, qui emportait au delà de la figure et de la matière du fruit ; nous voyions notre figue pendre et trembler dans le régime, à la naissance des longs et flexibles rameaux qui battent les rythmes du ciel. Palmes ! palmes 1 ! Paul Valéry doit donner raison au vocabulaire local ; cela sort du commun des fruits de la terre, cela nous emporte en d'autres espaces plus beaux.

Le paradis des Figues-Palmes s'éleva, s'exhaussa, et même s'agrandit au fur et à mesure que nous prenions des années, mon jeune frère et moi, et découvrions les Lettres humaines, avec leur poésie divine, bercés, mais non trompés, par la musicale magie d'un mot et d'une image.

À la suite d'Homère, c'était Chénier qui nous chantait :

Un palmier, don du ciel, merveille de la terre,

à peu près comme devait le faire plus tard Moréas :

Jeune tige pareille à ce noble palmier
Que, dans l'âpre Délos, Ulysse vit un jour.

Mais notons ici une bonne chose. C'est à la palme des poètes, aux belles palmes toujours vertes du grand Malherbe, que nous en avions. Et d'elles seules était rapprochée notre figue. Le palmier véritable ne nous importait pas. Son essence n'est pas très naturelle à notre coin de Provence. C'est un arbre de luxe introduit par fraude et artifice dans quelques jardins. Un palmier qui s'était mêlé de pousser entre mes cyprès et mes myrtes ne m'inspirait ni confiance, ni intérêt, ni considération. C'était un intrus, presque un étranger, un métèque. Assurément, je ne l'aurais point abattu, mais quand il finit par mourir, je ne le pleurai point et ce fut pour mon paysage un véritable soulagement.

Il n'y eut jamais rien de commun entre lui et l'arbre aux Figues-Palmes. Nos Anciens avaient eu leurs raisons pour élever son fruit dans l'échelle des nomenclatures sublimes, et nous la respections, et nous en ressentions plaisir et gloire sans partage. Il ne nous était pas non plus désagréable de penser que le figuier vulgaire avait aussi ses lettres de noblesse. Nous les avions lues chez Racine dans son prétendu exil à Uzès (personne ne peut être exilé à Uzès). Jean Racine écrivait à sa cousine, Melle Vittard, pour l'intéresser à ses mélancolies de jeune garçon :

> *J'irai parmi les oliviers,*
> *Les chênes verts et les figuiers*
> *Pour chercher un remède à mon inquiétude.*

Magnifiques réminiscences ! Il s'y ajoutait pour nous un autre plaisir, tiré de l'exercice d'un droit auguste qui découle du plus vénérable coutumier rural ; comme chacun le sait, la récolte du voisin s'arrête strictement à la rive de sa propriété, et tout fruit que la force et l'élan de la branche peuvent bien jeter au delà, tout fruit qui vient à pendre hors de son verger sur la terre du mien tombe, de soi, dans mon domaine, je peux le cueillir à cœur joie, mon droit sur ma terre sacrée comprenant tout l'air et le ciel qui la couvrent jusqu'aux étoiles, tout ce qu'elle recouvre elle-même jusqu'aux enfers. Or, vous étant remis dans l'esprit de nos lois, figurez-vous que les Figues-Palmes de notre enfance provenaient, toutes, d'un tronc unique planté juste à la limite de notre bien, mais en dehors, ne manquant jamais de lancer à chaque saison de longs bras de ramures appesanties de fruits. Nous les cueillions en conscience, sans rien ajouter ni rabattre en ce juste prélèvement. Jamais nous n'y faillîmes, qu'au jour funeste où, je ne sais comment, ce roi des figuiers sécha et mourut, comme pour nous apprendre que tout finit, les joies et les délices, les droits et les honneurs.

Homme, déjà vieil homme, et par conséquent plus sensible à tous les malheurs, cela me fut un coup très dur. J'allai trouver mon riverain, qui était mon ami, ami héréditaire, royaliste d'Action française comme moi, et le suppliai de me dire s'il ne connaissait point un verger, un jardin ou n'importe quel lieu de notre canton, qui portât des figuiers-palmes, où l'on m'en vendît la récolte, en y joignant, s'il était possible, des boutures, des graines, de quoi renouveler le bel arbre que nous pleurions.

Il répondit brièvement que c'était inutile ; le défunt n'avait pas son pareil. D'un regard assez torve, il appuya le bon conseil de me consoler avec quelque figue d'une autre espèce. Il y en avait de délicates et de très fines, comme la douce petite « marseillaise » ; si je lui trouvais le tort d'être un peu vulgaire, que dirais-je de celle, plus rare, plus distinguée, qui va vêtue d'un léger « rayé » blanc et vert, ou de l'incomparable grise, qui tire un peu sur le violet, ou de la noire-noire dont le cœur est rouge comme le sang !...

Mon ami se payait ma tête. Je coupai court :

— Voyons, Goirand, on ne se console pas de la figue-palme avec d'autres ! Vous aviez l'arbre tout à vous ; moi, ma petite part de fruits, réunissons nos infortunes...

— Et puis, après ? Qu'est-ce que nous en ferions ?

— Après ? Eh bien, chercher, courir, battre le pays, comme l'on bat le diable pour n'en pas être battu. À deux, nous trouverons peut-être.

— Nous ne trouverons rien. Ce qui est mort est mort. Vous chercherez, vous ! mais pas moi, et vous vous donnerez beaucoup de peine pour rien.

Il dit. Je soupçonnai mon riverain de ressembler à beaucoup de maris comblés. L'arbre lui avait trop appartenu ; il n'en connaissait pas le prix !

Grognon, un peu dolent, je le quittai, fis quelques démarches, les manquai toutes et tentai de n'y plus penser. Le beau fruit chargé de délices, avec son nom qui réveillait des vers de grands poètes, continua de se balancer sur la branche obscure de mes songes et de mes regrets, avec sa pelure verte et dorée, ses reflets de coucher de soleil du Lorrain 5 ; et son parfum, aigu et doux, renaissait de lui-même chaque fois qu'il m'arrivait de traverser l'air embaumé et piquant de l'ombre chaude du plus vulgaire figuier. L'étrange et secrète saveur des sucs du terroir et des souvenirs qu'il ranime m'exprimait un de ces deuils légers qui finissent par faire l'ornement de la vie, tel qu'on peut se flatter de l'emporter chez les Mânes.

Depuis lors, il se fit bien des révolutions, des séparations, des adieux. Mon voisin émigra. Puis, il vendit son champ. Il mourut. Bien d'autres, plus près de moi, tombèrent à leur tour ; en attendant le mien au bord de leurs fosses, je songeais, de temps à autre, à la destinée identique des arbres et des hommes dont les générations jonchent le même sol. Il arrivait alors que le Figuier-Palme reverdissait en moi, pour me distribuer ses fruits imaginaires et magnifiques. Mais quelle ne fut pas ma stupeur, un certain soir, que, sur le plateau du dessert, m'apparut un beau et bon lot de Figues-Palmes, des Figues-Palmes de chair et d'os, si l'on peut dire, épanouies tranquillement, qui me faisaient le plus naturel des sourires !

— D'où sortent-elles ? demandai-je.

— C'est le paysan qui vous les envoie.

— Quel paysan ?

— Mais le vôtre !

— Où les a-t-il cueillies ?

— Là, dans le champ !

Je courus au champ. Là, en effet, un robuste petit arbre auquel je n'avais pas pris garde dépliait ses feuilles. Et quels fruits ! Là, et remarquez bien, à la meilleure place. Il n'était pas du tout établi, comme aurait dû le faire le simple surgeon du tronc paternel, sur la rive et frontière de ma propriété. Non, il était au beau milieu ! A l'abri de toutes les rapines légales. Pour mes seules commodités, à la seule portée de mes mains ou de celles de mes fondés de pouvoirs. Et cet extraordinaire bien de fortune poussait dans moi depuis longtemps. Et cette intervention de volontés, de faveurs ou de grâces inconcevables, quelle marcotte ensorceleuse l'aurait bien pu diriger sous terre au delà d'un fossé profond, pour venir me faire plaisir ? Une graine plutôt ? Une graine envolée sans doute ? Le vent qui la poussa a soufflé juste dans la direction qu'aurait souhaitée mon désir ; or, le plus fréquent de tous nos vents, le mistral, donne en sens inverse, il y faut supposer un vent du sud ou du sud-est, le vent de la pluie, bien plus rare ! À moins qu'un insecte ne s'en soit mêlé, un de ces moucherons dont parle Théophraste ou Pline, et qui passèrent pour grands fécondateurs ou, disait-on, beaux greffeurs et civilisateurs du figuier.

Apports de graines, vols de semences, reptations ténébreuses de racines lointaines, quelque conjecture qu'on fasse, il faut bien que des décisions directrices aient été prises et que des concours très divers aient joué entre les petits dieux du sol et de l'air, après une incubation ignorée, pour conduire mon arbre là où il est, où il fallait qu'il fût et comme il le fallait jusqu'à sa fructification merveilleuse et jusqu'au coup de théâtre éclatant qui fit pleuvoir cette moire de bronze et d'or, du milieu de mon champ, en bénédicité de mon petit dessert !...

Il n'est pas nécessaire d'avoir une oreille bien fine pour discerner ici ce que l'on murmure :

— Qu'est-ce que vous nous racontez là ? et où voulez-vous en venir ? Votre histoire doit être un conte pour nous moraliser et votre Figue-Palme une fable ésopique où nous attendons toujours la vieille finale. Cette fable montre que... Ο μύθος δηλοί ότι...

— Vous l'attendrez longtemps. Ma fable est historique et elle n'aurait point de sens hors de l'avantage d'être scrupuleusement vraie. J'ai vu, touché, tâté, goûté et puis perdu, et finalement retrouvé ma chère Figue-Palme dans les prodigieuses conditions de légende dorée que je viens de dire, et je ne pousse point la fatuité jusqu'à rêver que, du fond des cieux éternels, le Seigneur Dieu m'ait voulu récompenser d'une fidélité trop facile à la plus douce de ses créatures. Il n'y a point l'ombre d'un mérite dans mon cas. Je n'y ai point agi. J'ai été agi par les choses. Mais, en fin de compte, par de bonnes choses. Si la retrouvaille du beau fruit eût procédé de l'effort de quelque labeur, j'en pourrais déduire à voix haute : « Voilà ! Nulle âpre volonté n'est déçue ! Par sa force, tout peut renaître, elle peut tout nous ramener... » Mais, dans l'affaire, je suis resté les bras croisés et même sans espérance. La prétendue récompense m'eût été donnée gratuitement pour le plus gracieux des surcroîts.

Ceci, j'espère, dissipera l'appréhension de ceux que peut inquiéter ma Morale, plus spécialement ma Morale politique, avec son conseil et son précepte d'agir, parce que toute action porte en soi un profit caché, proche ou lointain, mais un profit. Non, non, cette histoire-ci est sans point de contact avec ces hautes vérités.

Néanmoins, il y a quelque chose à y voir au delà des choses vues. Après tout, n'est-il pas bon, heureux et même moral de recevoir ce que l'on n'a pas gagné ? N'est-il pas admirable de récolter sans peine ce dont on désespérait et qu'on n'a même pas semé ? Et dès lors, l'aventure ne porte-t-elle pas une obscure petite leçon pour nos tristes jours ?

Quand le ciel, et la terre, et la mer, sont si noirs, il n'est peut-être pas mauvais de savoir nous dire que, par delà ou par dessous ce feu, ce sang, ces cendres, subsiste et, malgré tout, circule l'élément fraternel et propice, comme une âme amie enfoncée aux entrailles de notre monde, qui nous est bienveillante, et ne nous oublie pas ? Oh ! nous n'y pouvons rien. Ou si peu de chose ! Les plus atroces barbaries tiennent le haut du ciel et l'empire supérieur. Toutefois, les bontés circulent par en bas et des charités peuvent se faire jour. Leur sourire peut scintiller, quelque chose qui n'est que grâce (car tout est grâce, au fond) se faire jour en faveur du misérable peuple des hommes. Le fait qui s'est vu de tout temps doit se revoir du nôtre, et c'est peut-être pour cela que jamais nos Anciens n'ont perdu l'espérance. Ils s'appuyaient sur leur instinct, lui-même issu de notre terre, jailli de notre sang. ALORS : SI EUX, POURQUOI PAS NOUS ?

Veut-on faire le bel esprit ou l'esprit fort, et demande-t-on : POURQUOI NOUS ? je ne ferai qu'une réponse :

— Ceux qui disent que ce qui est mort est mort, ne sont pas sûrs de leur affaire. Il semble bien que ce qui meurt ne meurt pas de mort naturelle et qu'il y eut toujours quelque recoin obscur réservé à l'espoir. Demandez à votre curé, il en sait plus long, croyez-moi. Et peut-être répondra-t-il par le verset du Décalogue selon les Septante : Honorez vos père et mère 7 afin de vivre longuement sur cette bonne terre que le Seigneur Dieu vous donna !

Bonne ? Hum ! Hum ! mais elle a du bon comme le montre assez l'histoire de ma Figue-Palme, où l'on voit tant de bénédictions imméritées répandues sur quelqu'un qui n'avait même pas su la replanter ni même la retrouver !

Charles Maurras

Au sujet de l'auteur

Charles Maurras, né le 20 avril 1868 à Martigues (Bouches-du-Rhône) et mort le 16 novembre 1952 à Saint-Symphorien-lès-Tours (Indre-et-Loire), est un journaliste, essayiste, homme politique et poète français, membre de l'Académie française.

Écrivain provençal appartenant au Félibrige et agnostique dans sa jeunesse, il se rapproche ensuite des milieux catholiques et antidreyfusards. Autour de Léon Daudet, Jacques Bainville, et Maurice Pujo, il dirige le journal *L'Action française,* fer de lance du mouvement homonyme, d'inspiration royaliste, nationaliste et contre-révolutionnaire qui devient le principal mouvement intellectuel et politique d'extrême droite sous la Troisième République. Sa doctrine prône une monarchie héréditaire, tout en se revendiquant antisémite, antiprotestante, antimaçonnique et xénophobe.